花開那一年

陳麗茵 著

自序　用一支筆的力量彩繪人生

向來書寫是一種人、事、物的情感抒發的紀錄與心情的寄託，這種以文字來作爲心中喜怒的出口，如此該是對不喜將喜怒哀樂形於色的低調隱藏，滌洗內心無言無力的情緒耙梳。

對於文學的愛好者無非戮力於將一枝撼動的筆，搖桿於天際，又似定時針佇立於大海之央，將那些過往漫不平的歲月光影中，或者那無法挽回在當時與風對作的瀟灑時日，你可以用一首詩、一篇文、或者以文字手札的日記方式記錄這當下的心情，將心中的所言所愛所怨，做一番自我的明確性的剖析與感性的整理，這種文字性的心情抒發，對於正在那焰口上準備噴發的不平情緒是良性的不平怨懟的寫作方式，也是一種自我修維的鍛鍊，既不影響他人，也藉此成就自己。

在《花開　那一年》書中，作者便喜愛以四季的景物，來書寫各種的人、事、物，作爲創作的背景，寫下每一時期的精采紀錄，或許在你翻閱的當下，你也會有著穿越時空身歷其境之感，而得以了解作者爲何會寫下這樣的詩作，這種讓思緒獨自去流浪的創作是有趣的，也就如同在花開花落的季節中，你看到那飛花似雪的景象，你會用何種方式來享受當下片刻，你又會以何種方式來以文字作爲闡述？

在現實的生活中，握在手中的一支筆，可將美麗的光景串化成每一段鮮明的記憶，在《花開 那一年》作者便是以景、以物、以當下樸拙的心情而質言之。

但眞正所謂的美麗，卻總是淡淡如流水般，呈現出的是瞬間下的刹那光彩，猶似晨霧覆蓋著隱隱約約的一朵嫣紅，在陽光尙未升起時，爲那驚喜的背後所恪守，竟是踩踏著滿是泥濘的雙腳，恍若在空無人煙的霧裡尋找出一個模糊方向，更或者困於文字的膠著瓶頸中，爾後能理出一條康莊大道，創作是一種自我放逐式的孤獨，這種不愁前路無知己的膽識，也就如在默默耕耘的顚頗路上，待等衆人皆識君的那一日，是一種無須言語的爾然樂趣。

目錄

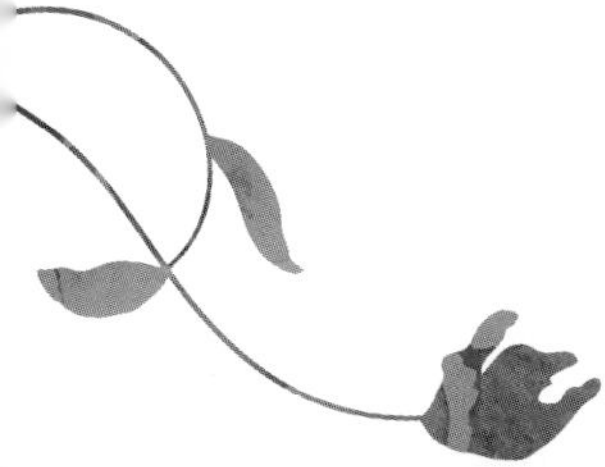

夢行 心四季

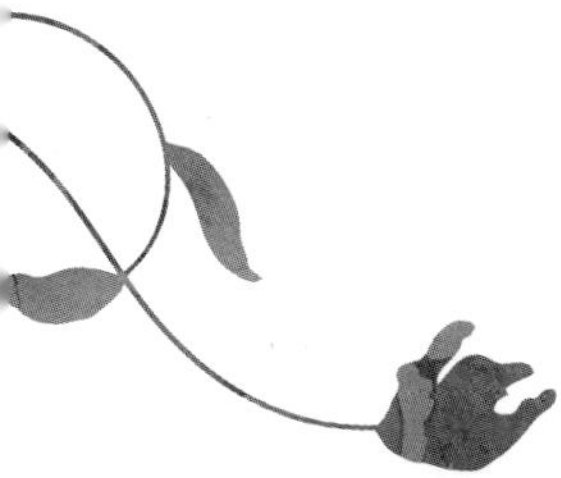

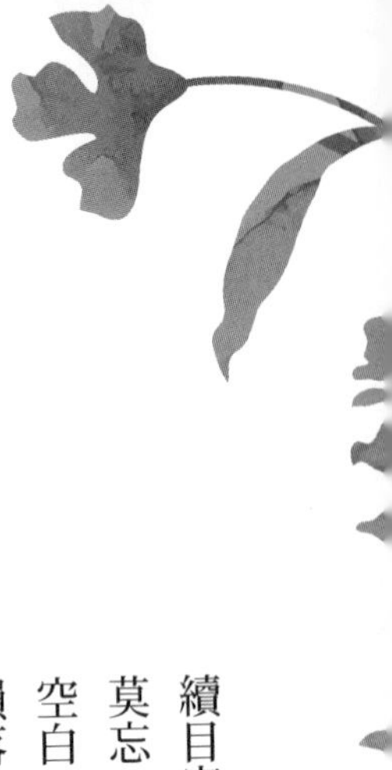

靜默中的盛放

詩與世界的距離

夢在山的那一方

花開那一年

花開 那一年

那一年花開了！ 那一年花謝了！
紫藤花飄著那一年淡淡的芬芳
笑語劄記著漸漸模糊的青少無知
破玻璃上的舊痕寫盡多少異鄉的夢
西雅圖的夜色裹著那年踏遠而去之新月
孤寂落在 那一年花開的離去

央央盪落的幾許癡顏笑語
裝載著多少當時魂筆下的哭泣
冷月啊！
是你侵襲那昔日昏暗的青春嗎？
那一絲模糊的甜蜜凍結在冷空氣中
迷濛是此刻的月色 重重鑲嵌著那年濃濃的思鄉味

一壺酒 醒不了逝去的過往

醉了 是那泛黃的紙張
腳步依舊晃盪著那一年海風飄過的一抹家鄉味
怯生的心拾不起記憶中的往事
穿不透的那張網
總在午夜覆蓋著當年的夢想
擱筆的窗前 月色照亮那遠方
想的是故鄉的小角落
哭泣的是這方寸間在暗夜裡思念的影像

冷夜 風依然向著南方的歲月醒著
那一年的雨 那一年的夜 烙下多少個異鄉的淚
數落無盡不語的寂寞 誰能明白是誰在爲誰等候
幾時花落 在那一年的秋

以筆名羽禾 刊登於掌門詩學的86期

那年葉落

淙淙流水聲
盡是歲月訴語的情衷
兩岸石階
看著多少往來的歷史
舊日的草原上
已是幾行欒樹的休憩小道

記憶在思索中何去何從！
風！記掛著當時兒時的笑容
如同窗口上那串舊日的風鈴
依舊在風中　叮噹！叮噹的響！
響著往日少女的情誼
響著往日思鄉的淚滴
更響醒了對故人的記憶！

遙遠的！遙遠的記憶
模糊中，旋轉的那支筆
定格在答案卷上的轉動著，轉動！
思索數學題目的計算
思索計算中的標準答案！
卻算計不出人生的習題
算不出人生心中的在意

步伐落在斑駁的舊圍籬
已不復當時的翠綠
記憶中的燈籠花亦不知那兒去？
那條舊溪底裡的鰻魚、蛤蜊、泥鰍⋯
早已消聲匿跡！
獨留下癡情的腳步　移離不去
伴我長影思追尋！

遠處晚霞同炊煙冉冉　慢慢升起⋯
田裡的秧苗也慢慢唱醒春曲！

尋覓的孤影，在寂靜的星空下
探索已去的記憶，那不復返的軌跡
月色啊！妳爲什麼離離不去⋯
偏照孤寂！
照著那年的葉落哭泣

2020/1/17收錄於詩社

奇里斯瑪

寒露！
茶褐色搖旗吶喊著 霜降
各自爲傲
以風寫下滿山葉落
以揮撒之劍
張顯這一季灰艷的色彩
紅黑稱王　以白入心掛帥

深遠之路
誰將一路景色劃下詭譎
陰霾布局了今日
風來了又走
細碎的腳步聲 如稻浪搖擺
城市霓虹
試圖爭奪月色……

怎知今夜
無星、無月、獨白雲飄盪
這季節美麗總被無知覆蓋！

三月杜鵑

這一夜的雨下的有些狼狽，月光躲入雲層，窗口下的玫瑰亦無處竄飛，只能在這場雨中獨自流淚⋯⋯二月春陽百花已唱遍了山間林野，蜂蝶擁誰而來？而我在這滿是嫣紅的百花洪流間，行走的步伐，是為了那年三月裡的花開，還是為你那首小詩而來等待！

那年杜鵑吹暖了三月的春陽，啼叫是山間裡的風，在更迭與轉變間的日月流動，似乎我們已忘了黼年的耳語，同那幾年的歡笑聲赤足涉水的日子，田野的赤裸腳步，也早在春耕的進化中給散落了。

壑谷的山顛，迴響著當時爽朗的笑語，嘻鬧中的髮絲乘著風在杜鵑叢林裡同那陽光一起燦爛，一起奔放，我歌著三月裡的風，三月裡的微雨，三月裡的笑容，等待那熟悉的影像，如春風般的嬌陽，在俊俏的臉龐跳躍。

裹著信仰在那年燃燒，那一柱清香中的裊裊輕煙，繞著誰的祈禱？為希望點燃著那一點亮光，卻經不起一陣風的輕狂，如春燕在田野間，來來回回的幾百趟，只為啣起那泥草築個溫暖的窩，若再來了一陣風，朋友！你說在哆嗦間還能有多少個窗陽外的期待呢？

雷響！是信籤裡的歲月？在掌心間搓揉，生活如水一般，不會倒流，誰都知曉千金買不回已去的時光，而我們更清楚的知道，那年走過的異鄉路，濃濃的故鄉情，濃濃的故鄉的味道，總在他鄉異地時，便要讓故鄉的相思，糾心地醉上一場。

走過了春，越過了秋，揮別了那年的三月杜鵑的希望，明白了塵土在風與風相互哆嗦的哲學思想，你說時間是一帖方子，總會相遇，而我一直在時間的方格子中等待著你的甦醒，等待著你從風中裡而來，花又開了，笑那杜鵑何曾啼笑，朋友！在風起時，請你記得告訴我，告訴我你在何處，此時屋簷下的雨，滴落了杜鵑三月的嬌艷與輕啼。

獲詩社每日一星之選

匆匆

匆匆那年
時光
是首悠揚的詩
甘醇如酒
我以一瓣詩心
一紙紅箋小字
記下春歸深處

霧來了
再一次在寒霧時踏來
氤氳依舊繞著整座山林
只不見那年醉人晚霞
遲了步伐亂了時序
我們這樣重逢了麼？
在這冬寒的春意裏

在滿樹的錯亂繁花中
恰似夢幻癡迷的詩意裏
如是，請允許我
輕摘一瓣詩心
偷偷
放于每一個醒來的晨暮

風如此吹拂
沁滿著每一頁心葉瓣語
有時候妳會覺得
自己不如那一片野花那一片野草
可以自由自在不受羈絆的任意伸展
步履與風對話
苦旅的不是人生
而是自己對自己的苛求！
生命深處野性堪是如此
縱情於山林連呼吸都是一篇樂章
如是！怎能不放逐山林幾時？

時光一

赤裸的天空
呵護著遠鄉而至的旅人
吹拂的風　雲已遠去
泛白半月在這午后時光　巡邏
空洞是這條寂寂的路

一幕幕倒退的景色
串成了等待歸期的歲月
飛行的天際誰教影像獨留
轉不回已沉封的深情　是一頁一頁的紀錄
無情是這海風　侵襲著僅剩的容顏
那狂嘯、擱淺著歸來的溫柔
佇立只爲千年的等待

驀然回首，忘不去的是⋯

心頭人影…
在你歸來時　誰能留下夕日…
月光已向著你轉身，
留下的青春…
身影已是風化下的白皙…

時光二

舊時光下！
雨曾經走過
陽光曾經走過
不去拆穿逗留下的心痛！

舊時光
殘霞未曾變得溫柔
褪去的色彩
攝躡已去影像
不去拆穿那深藏幽然時光

舊時光下
彩虹走過
浮雲悠遊
不去拆穿那心中之情　獨留

不去拆穿那靜靜的等候！

舊時光下
那曾經有過的盟約
斑斕歲月記得
雲霧霓彩記得
那舊時路記得
那曾經並肩之足音
是否你也記得！

舊時光的回味
思緒一點一點的追隨
在靜思中
時光已將舊時路封墜

舊時光
不再奔放
舊時光

是雨淚的滄桑
舊時光
那曾經風華璀璨的過往
靜靜走一趟　靜靜將你回想

舊時光
那曾經繁華的景象
沉靜中
彷彿又見那浮世的閃爍光亮！
舊時光裡
有些人
有些事
已在時光中慢慢退去
已在記憶中漸漸消失　忘記
怯懦守候的心門
留下唯一的你
那幽長深遠之印記！

時光三

赤裸的天空
呵護著遠鄉而至的旅人
吹拂的風　雲已遠去
泛白半月在這午后時光　巡邏
空洞是這條寂寂的路

一幕幕倒退的景色
串成了等待歸期的歲月
飛行的天際誰教影像獨留
轉不回已沉封的深情　是一頁一頁的紀錄
無情是這海風　侵襲著僅剩的容顏
那狂嘯、擱淺著歸來的溫柔
佇立只爲千年的等待

驀然回首，忘不去的是

心頭人影

在你歸來時　誰能留下夕日

月光已向著你轉身

留下的青春

身影已是風化下的白皙

歲末

冬風淒　歲將過　一語匆匆話高閣
日煙波　月似火　何忍轉眼又清歌
舊旋落　寒雨漠　殘紅樓宇欲從頭
霞雲柔　影獨坐　歡樂難留已煙波
歲去歲來年年苦回首！
漠！漠！漠！　挫措錯
如風過！誰也難挽留！

一片靜葉
窗外夕暮迤邐在遠處海岸上
最後的一道光芒落在日曆撕下的那一方
沒有月光的天空
星星漸亮　閃爍著久未見著的光芒
引頸來時路　是否曾有被遺忘的時光！思而忘！拾你何往！

歲月

摺疊的眼角
歡樂的魚在奔跑
搖盪著春夏　包裹著秋冬
我問冷漠的街頭
你被歲月帶走了什麼
光說最迷人是容顏的轉變

如昔

一葉楓紅　你來了
等待！
在歲月中寫著月光下的故事…
有你　有我　有風的言語
有你的字跡　有深藏雕塑的魂靈
清亮是雨後的天青
屋簷下的燕子
告訴我！你將歸來
等待！
如同那年！在不經意間
與你邂逅的驚喜！
秋！讓這一季再現美麗

重逢

輕煙冉冉
光陰踽踽而回
數年不見
一語把顏歡
宛如昨日
述年
碎搗的青澀已難複返
走過多少個他鄉日落
浮雲穿流著多少星夜
望穿那天際
不是等待
倒叫考驗畫下一個未來
一首短歌行
盡釋歸人心聲！

2019年同學會 嘈雜聲中的歡欣

離人

當一片葉落，在靜止的時空中，
是否將希望寄回故鄉源頭。
當刻劃的碑文，與思念的夢境　在夜裡交會…
星空下的腳步，能否依舊眷戀著故鄉那舊石巷。

籬笆內的舊時光　依舊映畫著小時候的希望，
未曾丟棄的泛黃作業簿，是妳嘴角上的快樂模樣。
殘忍的腳步，又一次拋離妳瘦弱身影，
不能言之心　似血賤地！

沙洲裡的風再次吹向那貧脊的土地，特別是在這個時候！
離別不是爲了什麼！只想讓你知道，
不爲風，不爲雨，不爲哭泣，
只爲那夢裡的青青草地。

十月回憶兒時

時光啊！你何忍再次訴說故事
記憶中的人 記憶中的往事
是多少的悲喜堆砌！

河堤上的腳步回不去那最初
然詩人的文字依舊寫著夢裡的故事
離人　走遍千古只爲那不朽之路……
爲那停不下來之腳步！

又見花開

初歌同舊夢，昨歲已清風
天青拾有日，曲曲自相逢

花開！時間在時間上延續著，
散了雪白，那朵綻放的花香，是誰的等待，
季節上的顏色，轉載著絲絲線條，
折疊著一層又一層的記憶，總在撥開那厚厚的殼後，
震撼著沉封的感動！

走在舊房舍的古木屋，竹筒屋，那薄薄的深遠印記，
靜靜的腳步聲，彷彿聽見了……自己兒時的哭鬧聲。

時光良方

2020/3/29刊於一代詩社

昨日書裡音音而訴，我若時光我將寄掛在日月左右，一邊陪你幽幽入睡，一邊伴你歡笑話語。

窗外的月光照著那花影扶疏晃動，這夜好靜，靜的只聽得到筆與紙相互的磨擦聲音，翻閱著舊書裡的文字，已記不清是何時落下的心情日記，沉思中，那一聲狗吠的聲音，打破了這靜夜裡的思索。

傻傻的端坐於書堆前，並非眞傻！而是有太多的想法，卻不知如何將文字一一的明白落下，一支筆能訴說著誰當下的音聲呢？

現實中的忙碌，總能讓一種極端的思念有一處可逃避，藏在幽幽的甕裡而不被掀起，那或許是一種只有自己能懂得回憶與酸澀的甜蜜。

靜的是夜，卻將一支筆給勞累了，不能停止的轉動，轉動著逃避的思念，轉動著思索中的答案，那星空裡的往日幾何題已是解不出，卻將自己圈入了迷亂的題中，可憐的是筆，還是筆心上的掛寄！幽幽的睡夢中，心能移動著何種千年的情緒？

時間是一劑良方，加了些雨露花香，也許你曾經怨懟過一個人，一件事，一個地方，也許你也可能深愛過一個人，一件事，一個地方，被人傷害過或者傷害過人，爲誰傷心過或者讓誰傷心過……但時間久了，你也淡忘釋懷了，愛與恨，喜歡與討厭，只是在時間與空間裡不小心給遇上而已，如同與呼吸般同在，倘若你凡事都不去太在意，太致放於心間，其實日子是可以過的非常平淡愜意而舒暢悠然的。

看一本好書，你會沉浸在美麗的思索中，與你曾經有過的際遇於思念的回憶裡相逢，感恩著那一段美好的日子，也可能想到黑暗裡的苦楚，但時間是朋友，他會安安靜靜的聽你訴說，陪著你慢慢渡過，陪著你思念，陪著你悲傷淚流，更會陪著你歡笑高歌。花有燦爛時，葉有枯黃時，人生的酸甜苦澀皆是一道道美味，端看我們如何與之相處，嚐試過了便知如四季的風裡景色各有入心的樂章。

我們總走在一個過去與一個未知，誰能拾取昨日與昨日間所堆疊的相思，就如同我背著背夕陽向前，然夕陽卻馱著多少個明日與昨天？

花間的雨下著，而花依舊嫣然不語，同詩的寂寞，似雨的孤寂……時光低聲輕問，我該留下來憐花，還是該陪雨走去！

我靜坐幽僻的角落，隔著岸邊看那遠處燈火，夜漸漸的睡去，星舟漸漸的遠離……而這一季，你怎能在時間裡捉模著遊戲？

指尖時光

彷彿是湖面上的倒影
誰將日子摺疊在時光的抽屜裡
純淨！
是雨露中朦朧的薄霧
淡淡花香甜味
於微風中柔情飄送
是昨日月光下飽含的詩意
浮雲將漫天紅霞渲染的華麗
長長的路　長長的路
朵朵波光
在地平線輕柔舞動著
歡笑如樂符般輕跳燃燒
青春！
在夕日的大道拉出長長細影
任時光飛逝

2020/1/14

葉落紛紛盡與花同醉
驀然心事　靜寂了幽幽回憶
陽光映照處！
木末花黃又將今日往昨日深藏。

如是紅塵

寒煙蕭瑟自幽香
不予孤樓獨暗藏
天行遠，地無方
尋去千年悠蕩蕩
徬徨作看滿身傷
淨白雲，紅霞荒
降草頑石空歡笑
煙囂塵世夢一場

剪一身影倚心藏
春陽不在，昨日逝傷
花蝶飲風墜，枯！怎堪作回味
城牆吹柳已難追！去已去！留何挽回！

***四時已不彰 半冬半春 似夏又秋

人生不管多麼的輝煌，一蹴終究塵煙一片，以爲走入了富麗堂皇，以爲走過一片煙荒，又怎知是回到了原點！

啼唱！

拾取昨歲

歲堪去
寒梅著未
總想與你話語幾句
塵煙離
一筆拭乖隔
影伴明窗斜坐
月獨歌
渲染墨色寄予張紙
倚溫熱化散寒涼
縱孤寂 雲雁書錦
曠野繫深情
卿莫忘 他鄉路長
距離怎捨折煞
教枯黃墜落時光的滾燙
莫忘！去日有向

尋你他鄉
縱無情！怎捨作罷！
任思念隨風擺盪。

玫瑰往事

夢裡的花香
總在午夜敲醒心窗
那是那年的共同願望
當玫瑰花再次綻放
即是我們再次相逢的時光

記憶的列車裝滿了當初的夢想
編織的美夢串綴成詩般長
而今只剩詩篇的玫瑰花香

月光斜照入眼窗
玫瑰花透窗嬌柔樣
感覺卻如此的凄涼
逝去的那一道美夢
怎不叫人悲傷

2016年於法國

玫瑰已再次綻放
相逢已成絕望
已是昨日的過往
已成記憶裡的傷

走盡天涯尋遍海角
找不到思念的影像
只剩玫瑰陪伴身旁
比翼鳥 連理枝
終究是傳說中的幻想
昔日的玫瑰花已枯黃

隨風而逝

拉開那抽屜
裡頭鎖住了多少個回憶
泛黃的那封信
依舊靜靜的躺在那裡
舊筆跡訴說著多少相思意
歲月荏苒落盡
帶不去的傷痕入骨銘心
不曾將你移棄

這路走的好疲憊
累累的傷痕爲誰
隱藏著悲泣盪在黑夜
風陪著我心碎陪著我掉眼淚
吹落樹梢的夜

是否夜也吹落了誰
闔上眼思念的影像是你
是否你亦同我醉於夜
如果花爲我淚落
是否你會爲我難過
如果葉落輕將我送走
是否你還會記得我
在那個秋，我與風碰頭

曾經的心碎
誰懂固中的辛酸滋味
春去秋回的人生路
漫漫絲路　是爲了誰
葉落隨風 夢爲誰　難回
是否該隨風而逝　再歸

話別那年西風

你別急著離開
當愛情悄然踏來
想問問自己你還在不在

風沒有告訴我
你離去的眼淚爲誰
那些年 那些事 如今怎堪再回味

風不告訴我
它將風裡的眼淚
化作蝴蝶紛飛
那些年 那些事 總還有美麗的陶醉

溫柔是作化繁花的路
當那一襲成就的衣袍

2022/10/15於阿里山

當那明證花簇的紙張
置放在陽光下閃亮著光芒

問語
誰！走過胸口的快樂與寂寞
不是歲月、不是夢
一列列影像　依舊醒著那年的我
就讓有些人 有些事 落幕成珠
那路
讓沉封印寫著那年大學路途
印寫著那年我們的故事

紅塵試煉場

八百多個日子未曾歸來
誰爲我慈悲 殷切爲我呼喚
呼喚著歸來歸來
混沌塵煙矇燻純淨
矇祢聲聲喚醒　尋千年之音
虔心祈願跪拜

抖落著塵垢痴痴之夢
幽幽之路洗滌世事埃埃
於潺潺的水流聲中
心是如此的清涼潔淨
風徐徐的吹來
禪意漲滿著這路上的葉綠招迎
滾滾溪聲泉音似雷撼動心靈
喚我腳步向前　逗留的日子怎消塵囂染汙

乘一舟孤葉 誰寫那記憶的延續
舞盡無題的人生　裸看紅塵凋零

人生百態盡是那虛實之間
攘刮記憶的拼圖在進與退徘徊
囚禁的是誰走不出的靈魂
羽衣裹著是心靈美麗
仰是幻想之曲
當雙手合十　方知這日子迷失了自己
暮鼓晨鐘倚蓮香堪忘記！
幽靜山林梵音　步步腳底竄心
喜歡純淨山林　喜歡梵音入心
喜歡原來的自己　就如此靜靜的坐著
感覺著心跳，感覺著呼吸，直到穿越山風林裡

風不告訴我

青澀
是那些年的懵懂
青春
走過胸口的快樂
走過黑夜的寂寞　走過失落的痛

我們在追逐著些什麼
大學裡的風　大學裏的夢
當方帽拋向那陽光下
嘻鬧中
閃爍著一方期待的光芒
窗檯上的沙漏
細數擱置在歲月裏的舊事

多年後

依舊醒著那年的往事
走遠的愛　風不告訴我

遺忘の舊時光

沾滿灰塵的舊書籍
翻開了泛黃的舊日記
日記裡依舊留著過去的你
席地枯坐沈思呆想
穿越過時光的天梯
回到了往日的舊地

椰林樹下灑落了一地的陽光
與你攜手漫步樹林中的嬌陽
走過那校園的文藝穿廊
那是往日最美好的時光
舊時光叫人如此的難忘

他日葉落花顏漸遠去
無奈！星河紅塵兩相離

這人生的迷惘何時能暫忘
不掛心房
仰望天空的雲白月光
你可曾偷偷的對我望一望
你可曾眞心的對我想一想
你可曾眷戀那走遠的舊日時光
那一場不可能的願望
早已成爲過往的一片荒涼
***走過記憶的舊時光
回到現實的穿廊
感謝你給我溫馨的歡笑
珍惜曾經擁有的美麗時光
有溫暖陪伴身旁　有你心歡暢！

等一個人的咖啡

風啟
當夏荷的裙角
早已沾滿離去的春泥
夏夜裡
當最後一聲蟬鳴
我想你應該會在秋紅裡
扣窗而來
等候的光陰早已在手札裡劃過多次的印記

當那盞燈在疲累中吹熄
當夜霧漸漸散去
揉搓這一夜未眠
窗口的風鈴
將晨光照落在風裡的琴音
旋轉著濃濃的、濃濃的愁緒

2023/08/29

想是琴人指尖裡的癡
想是那離不去又聚不了的思

吶喊 是那滿懷眞情的吟唱
 在天空裡輕輕的掛著
微笑同 一首詩走著
想是林間的步伐擷取這微揚的笑靨
在卽將離去的腳步
幽幽之遠古
敲響啟
好久好久以前的萍聚。

蔓行 心四季

夢行 心四季

用彩筆搆畫心花園
將四季擁攬入心間
剪一夜的心夢
恰似春的幽蘭
淡雅靜謐
藏於山谷崖壁
獨自芬芳暗自開放
搖醒春風爲我輕唱一季花香

拼一片燦然夏艷
置於綠地上方
徜徉於綠色大地
放眼藍天海洋
白雲一片一片
恍若你燦爛的笑臉

寫於2016年新疆

偷偷的 偷偷的
對我望一眼
看一看
這神祕的笑顏
喚綠蔭屋簷心伴涼風靜音旋
讓夏綠織心留戀

撿拾一秋的斑紅
漫步楓林樹間
綴一身的浪漫
宛若在你身邊
聲輕語細旋律慢轉
輕輕的 輕輕的
密填心境滿園
心似晚霞燦爛
待等星辰綴滿心間

掬一把冬雪細細綿綿

似冰涼之容顏
陽光微照
羞澀了紅顏
置一池的冬霜水溪
細流成一線
行向天邊海岸
是否美麗的雪白
重現春寒花間
尋那一線細水長遠
恰似情意綿延至天邊……無限！

春陽裡的封面

春色若花香裊繞
無需喧嘩已然奔放
我若時光寄掛在日月左右
一面陪你幽幽靜靜入睡
一面伴你歡欣燦耀慢行

這春天，這春天封了誰的信籤
怎教玫瑰鑲嵌著珠露
卻背著思念的淚水沁滿諸顏
誰教天涯遍撒水中之花
又教水中乘載滿月
問語卿卿
莫將初顏忘予歲月裡

春裡的蝴蝶尋不著影而歸

寫於2020/2/3

不經意的凌亂　倏忽濺開
染一色春花飛竄
一掬瓔珞於掌心撒落
春依舊偎著溫暖
如若水面在春陽裡綻笑著甘甜
夢一般懂得南風苒苒
安靜的此刻
誰知遠方的彩雲許是忙碌！
擾那春顏的飛行

向春天行去

春輕拉簾幕探頭
起身道別予冬
雨中的夜　洗亮寒風裡的星子
照亮著雪白漸漸飛離
倚偎冬的肩膀向春之國境飛行
輕啜一杯春的濃茶，清醒在春的彩筆下～
舞動的紫藤似淅淅瀝瀝的春雨
　幾許浪漫　幾許柔情
幾許嬌羞幾許醉心
將心情放任在擁擠的春天飛舞與百花漫游

燃一夜眞心　春寒倚月語
潤柔靜夜　聆聽花的心音
輕閉上雙眼與春天共翺翔星夜之美
攜星河爲伴　倚月爲舟　輕向你夢裡滑行

與你訴語春之燦麗　百花迤邐
細讀春語嫣柔　逗弄花蝶相依
邀明月！共飲一杯花釀的酒。

憶去日秋葉金黃　誰與伴飛　風呼嘯而過
輕聲絮語　唯有你懂！
星辰裡擁抱沉靜　月靜靜的睡去
獨留春之光在樹梢上燦開探頭
偷懶的花兒已漸漸的甦醒　綻展顏露！

訪妳 訪春

寒梅已乘冬風
獨留 枯竭殘容
倒也傲骨
仍同天空寫著一片詩意
跌落的狂
戀戀孤漬
酸甜依舊言無窮日
冷冽 已是最後的傷痕

李花說著：春 還在路上
搶換一襲雪白
喜迎春的到來
時間已經挪出嫣紅姿色
新芽初醒著
誰還能安然裝睡

2023/01/26走春訪友

我舞著陽光的明媚
向山中訪妳而來

雲在山裏飛過
群燕相互交談
想是二月到來的紅杏也來鬧春
我靜靜的看著
那朵花在春之前
綻放出昨日的誓言
光芒正燦
待你春之歸來

山林春色

截一段山林春色
探索嫣紅
山澗水處觀游魚嬉戲
臨秋之氣拾春色入簾
向山行 愛山之靜宓
愛山的喃喃幽幽自語

晨曦初陽
山微微緼光倚著光尋找
那朵記憶的山茶花
是否卽將開放！將腳步探訪
微微的淡香　帶露悄綻放
如幽蘭於壑谷深深隱藏
靜處不知歲
幾人將妳倚心房

溪流潤潤　孤寒自賞自芬芳

當陽光再次撒落
自若浮現美麗影像
是大地的慈憫
是四季給予的善良
在毅力中傲骨而驕。

蝶語千年

春色瀰漫
鑲一曲紫色情煙 尋前緣
浮世相逢 蝶轉千年
千年之約千年緣
千年遠千年淺尋千年
輕聲語旋回首當年
夢裡煙波似流雲
話前塵　前塵夢走遠~

彈一曲最深最眞的印記
長相思刻畫美麗動人的回憶
戲曲中飄動著漫天詞曲
演繹著人生深情的軌跡
漫漫的　漫漫的浸漬著思念的甜蜜！
彷彿前身舊夢幻影　若時光為我再次轉身

那伴旁是何人！
蝶引相逢訴情衷　前生情濃！

昨日飛已遠　空留一頁惹人戀
情似一張網　網住了歲裡的慌
將手心輕輕一張　輕輕而放
溫柔是心光　羽蝶輕飛翔
飛向星際　照亮滿天星光
爲我千年蝶語吟唱

言三月

拾花影向三月訴語
三月圈入傳說裡的等候
那風！吹向凋落顏紅的戀情
乘風！展翅而飛許是爲青春歌唱
如昨！花顏漸漸　寫盡幾許情份
如昨！道別的風　寫予歲月論長
佇足停歇！留不住風雨在三月間漂蕩
這三月燦醒那芬芳醉顏　幾分！
誰許你！將情向著天涯而去
誰許你！將愛攜遠而離
只若許我獨醉飲盡　問語人間三月情！
花開盡數人間三月心！

五月的風

五月的風
吹暖了初夏的嬌陽
妳以月的柔 妳以光的亮
劈斬著前方一條大道
妳說順逆都是人生
是風是雨都會是燦爛的開始

五月的風
吹醒了滿山的金黃
我以九十度彎腰
眞誠向萱草行禮問好
以鷹的姿態遨翔前方
昂首向天長嘯
劃下的一記歲月
獨教彩雲伴行

2023/5/21於文學營

看妳展笑以我爲傲

五月的風
吹燦著繽紛的笑容
妳說天空散發著多彩顏色
會是另一道迎向朝陽的彩虹
微風竊笑那長長之路一直在心中

在遠方

遊走的夏天
燃燒著七月孤寒
是否那冬天的火所遺留
沙漠已在星夜裡遠走　微寒
一分遙遠的記憶
鎖在六點的黃昏
花謝了，不因是春天走了！
霞雲後那燕子，尚在枝柳上鳴唱著
日出說著東方的東方
而昨日彷彿是那面紗的遺落
眺望的地平線
框不住深遠的思索
迷惑是眼前的霧色
我尋你而來　你幽林而去
仰望天空

2022/10/19刊登於印華日報文藝火炬第485期

那幕藍色紅彩低空劃落

夏艷

我們正在夏艷裡行過
須臾間，又引來鳳凰花飛
樹林間
這清越的蟬鳴已唱起驪歌送別

走在夏日的腳步
驚鴻那白鷺一蹴而飛
靜這一處
碧綠已不再爲我所有
輕一聲道別，是這季無言的清歌。

晴空同往日　依舊醒著心中枯木
白雲遍燃
我不作別離愁恨，但與滿樹鳳凰齊飛
再一次拾日同看海中出日，共賞夕落霞影

在孤寂的燈光下
離別會是開啟相逢的喜悅

雨落

雨落
花顏留予昨日
風遠行
陽光翻轉著雲隙
三月顏柔不作嬌嗲
燕語阡陌　鷹俯曠野
一筆作何留傳　剎那已成春秋
霧寒
溫度留予明日
霞紅作聾
迤邐長長影像
花月盡釋芬芳不言秋涼
木末乃醉
潔淨艷雅任擺盪！

賞梅

岸葦無窮接楚天，一渠冬水見湘煙。
零落梅花過殘臘，算來寧得此身閒。
朱顏迎冬心未寒，臘梅飄香春漸暖。
天無窮際心間越，寄予文字潤筆甜。

秋語・秋雨

昏黃！
夕暮之風，將月色悄悄升起，在山的那頭。
柔顏之色，覆蓋著這初秋的羞澀。
靜冷的雙眼
似看透人間花草匆匆，未道春盡時，怎知花去枝已空，都云柔痴悲淚是天意，卻教
秋煙如雲輕無蹤。

秋！擱置的窗口！
夜靜了！等待 歸賦予等待
黎明漸漸，東方一抹暈紅，一抹亮白，孤寂是月的詩歌。
而我在詩歌下，唱詠一夜詩懷。

心似初秋，月靜話語窗寒，怎捨夜鴞烏鳴，抒酸墨一筆！
他日菊影來又落！星繁作轉西風瀟兮
回首遠望！歌我非非皆往日

金樽對語，拾得嫣紅雨落！嘆這秋雨，聲聲流水戲淚滴！

秋色白芒

皆雨是思念的秋
散落成滿山雪白
漫漫步伐中爲時間的等待而佇立
山峰白芒之雪　爲誰！
嫣紅之色覆蓋著濃烈之情
遠方白雲：
乘風稍去秋意
這山間的嫣紅爲誰嘆息！
古今明月
依舊照著九洲山河
倥傯之歲
誰照我心！
青山依舊：月明不離　唯你知音。

秋窗月語

夕落的長堤
樹稍後
月色悄悄升起
是山的那頭
墨色後的星光柔起那頭的思念

柔顏之色
覆蓋著這初秋的羞澀
靜冷是月的眼
獨步天際
以一襲朦朧覆蓋
窺視匆匆的人間花草似火穿越眼前
那年細雨後鳳凰花飛
道相逢

2023/9/29刊登於《台客詩刊》第35期

梧桐滑落秋的夢
黑暗是沉醉的相思
你似白雲
向夕落裡的炊煙揮別
又近圓月
風再次由北方行來

擱置的窗口
夜靜了 秋
長長的光寫著等待
窗外那株桂花暗自垂淚而睡
淡了這夜的香味
心想飛

一筆將夜底的墨畫落
望那東方一抹暈紅
一抹亮白
孤寂是月的詩歌

而我在詩歌下
唱詠一夜未來相逢的夢
月在窗口花正瘦

秋歌

秋　滂沱著一片璀璨絢麗
紛飛的鵝黃似華爾姿旋轉
風　在額上輕吻印記
溪旁的蘆葦將蹉跎輕搖曳
就讓時光爲筆　快門截取記憶
封存此刻秋彩迷幻霓衣

月　向著異鄉那朵玫瑰探頭
已是鬢白的昨日
秋　寫著葉落的歌
秋　轉述歲月的寂寞
回首　唱著江山萬里星光滿斗
熟悉　佇立在秋的守候
秋顏勾勒啟心房的顫動

推窗　擱筆聽秋曲
風掠過秋的山頭
嫣紅 將千萬個心願串成秋心的鎖
花朵問語輕言　莫說 莫說
一曲知否　知否在秋風裡掉落
誰在風裡吟唱天涯之歌

行於秋寒

今夜星光該是出奇燦爛
如是想像　如是想像
寂靜田野　連風都靜了下來
不道時光無情　不道人情已淡
何若秋風安靜　書寫永恆
寒露漸漸　跨一足而冬
枯竭黃葉　將青綠遠送
不道時光無情 不道顏色已落
何若枯枝 傲立天地
來春依舊　依舊
何若枯枝　堅韌不移
待看春來展現茵綠　　催燦逢迎。

秋窗雨音

那片落地窗外，雨正下得淅瀝響
花謝了！花又開了！
正如那遊走在夏日的心情
風正轉盪入秋色裡
我們沒有太多的時間可以奢侈擲去
恰似那秋風吹來的紅蜻蜓
過了那煙濛的秋雨後
踏遍芒白花叢也難尋縱影

一陣風急吹著，一陣雨狂落著！
那聲響雷，震得窗櫺抖顫，轟擊得驚心！
這夏末初秋的雨音，敲破遠處幽幽
看著庭園那幾棵外來的櫻桃樹
寫著我們的腳步在春寒之日

秋の鵝黃

風裡吹著十月璀璨的鵝黃
妳隱藏著幾分靦怯
在日落昏黃

雪黃吹著秋風裡的傳說
想妳　在我的眉稍輕輕灑落
又從髮絲後飛起
將一分幽幻寫入我的秋

濃縮這時空下的夢
我便以我同妳底腳印
烙寫這一椿故事

回眸
一個靦腆的笑

《台客詩》35期

我伸手去扭轉枝頭秋的紅鈕扣
扣不住這飛越的夢
當白鷺成群飛離時
我將枯枝藏著釀蜜的秋

A Goose Yellowing Autumn

秋の鵝黃英文版　翻譯／黃敏裕教授

風裡吹著十月璀璨的鵝黃
In the breezes blowing the goose yellowing color of the brilliant October
splendors
妳隱藏著幾分靦怯
Hidden in you are a bit of somewhat timidly smiling
在日落昏黃
In the faintly yellow sunset, afterglow

雪黃吹著秋風裡的傳說
The snowy yellow fallen in the fall breezes, blowing the legend
想妳　在我的眉稍輕輕灑落
Thinking about you as it's lightly sprinkling downwards
又從髮絲後飛起
also flying up behind the silky hair

將一分幽幻寫入我的秋
Writing a piece of remote fantasy into mumy autumn

濃縮這時空下的夢
to condense the dream in such a time and space
我便以我同妳底腳印
Thus I follow your footprints
烙寫這一樁故事
to imprint this branded story

回眸
Looking back
一個靦腆的笑
giving a bashful smile shyly
我伸手去扭轉枝頭秋的紅鈕扣
extending my hand to turn on the red autumnal button on the branch top
扣不住這飛越的夢
that's unable to button up the dream flying across it

當白鷺成群飛離時
when the flocks of white m egrets flying parting and hiding
我將枯枝藏著釀蜜的秋
I gather the dead dried branches by hiding them in the honey collecting
autumn

愛是一切的答案

愛是一切的答案

陽光已無顏色，星星也暗然蕭條
柔情之月依舊靜默綻放著最後一絲溫柔

靜夜！於丑時擺盪氤氳煙朦
斜照在那朵孤寂的黑玫瑰
凋零的花瓣何向著我抗議
輕嘆愁容！訴說著未曾對它有過的關懷
用憔悴的蒼白與枯萎的顏色再度吶喊抗議

忙碌的心！忘了一片溫語灌溉
匆忙的腳步！錯過雨露微雨般的憐惜
用枯萎的顏色！向我討伐心痛之柔情
就讓我用綠蔭編織一份禮物
置於天邊置於心間置於傾刻雕塑成永恆畫面
如風別離 心似與雨相依音韻同繫

似雲朵綻放滿天柔霞雲霓
時光同愛相聚 何怨塵緣薄細
嘆塵路寂寂 攜星光同絮語
如風說！倦了就是永恆的相攜——
倚心戀戀不離不棄 存封至死不渝！
就讓它如幻夢編織美麗的回憶！

寫著幾何符號的愛情

秋！唱著一首紅艷之歌
長長的、長長的一道紅
徹響著飛白的天空
戀戀！是秋來了…
是誰同虛空談著愛意
爲空間更換一襲艷麗
跳動的音符在華爾茲的裙角旋轉著迷人的羅曼史
此刻任紗裙在腳底下踩著浪漫
繁華熏染那滑落的瞬間
愛戀如那歸心的葉片
我將寄予你的詩寫下永遠
讓愛飄飛在白雲裡的宣示
問此刻
誰爲我將時間佇立
伴我在空間裏竊笑

2022/11/05

望著那秋紅逝去的山巔
你已攀越霜寒向春天竊探！

那窗
光在這一幕黑暗中投射光亮
此刻春天正叩敲著我的窗
女孩正在遠處與風舞蹈
用風中之樂
勾勒出眼線暈染下的秋
那美麗的心境
洽似建造極雅之境

有些時候，或許該花更多的心思
花些時間細細觀察
靜置是那瘋狂
是否該進一步做好施雅藝
正如昨日那一場雨
孤寂的是你化作爲階前樂音

讓煩躁的心 插翅而飛
獨將靜留下
如那朵剛開啟的玫瑰花
笑艷著迷人風采
在陽光下散發著少女的青澀情愫！
而我已不再是那花兒
啞語是愛
說不出口的是風林中的澀寒

你說詩人的愛情
丟失在走遠中的日子
迷失的圓
將日子剖成了兩半
一半寄掛書窗
一半在歲月裏靜靜擱淺
平淡 推不動暗囚的禁錮
燃燒的熱情 如同煙花
在水浪的音旋中澆熄

昨日的愛
在揮舞的劍影中閉幕
樓臺煙雨鋪滿當時痕跡
誰！將愛情投放入那打不開的括弧裏
冷！是我的驕傲
在那白雲下爲愛寫著漫天的詩意
時間在這季摔個粉碎
孤傲！怎知我將愛情丟棄
孤傲！怎知愛情將我失去

解釋：「施雅藝」乃閩南語唸音，中文則表示爲修飾之意。

等你

石頭上的歌曲
しろ同我哼了千萬句
小溪聽了都嘆息

如果思念可以折成紙飛機
寄託風兒攜去給你
墜落的思念是你
你可知悉

如果思念可以寄託花香
傳頌心曲
你可知花香裡的氣息
芬芳濃郁

秋芒輕搖曳

窸窸窣窣的心語
拌攪成蜜 入夢成謎

如果

如果微笑可以沒有眼淚
回憶可以忘了是誰
歲月沒有酸甜辣味
山頭少了白雪
你說這人生還美不美

如果愛情沒有苦惱
沒有誰是誰非
如果只有太陽月亮
少了星星相陪
少了風沒了水
少了顏色歸
你說日子還醉不醉

如果生命中少了你的精彩

少了你的伴嘴
少了你的徘徊相隨
生活還有什麼好回味

答案

思念是一條長長的河！
時間是艘划動的輕舟
用愛！轉動舟的舵
心念依舊！

星光
穿透了窗
痕雨之淚
燭火之心滾落了幾處癡狂
夜！斜月依舊照著孤寂落地窗
是否該靜靜的離去
在這寒涼之夜
蕭瑟的風在窗櫺上飛舞
總在這個時候
想回到與你相遇之初

思・書

窗前月 淨如雪
歷經多少風雨夜
誰在徘徊 誰在尋追
誰在歲月裡寫下永恆一頁
愛無悔 苦也無畏
只想將你攬入心扉
琴音絃 入心間
誰予之執手共前緣
不敢將天埋 不忍將誰怨
只願一生之愛同你牵
用多少思念 才能換得一個永遠
歲月無法重來一遍
用多少思念 才能換得一個永遠
看紅塵轉換多少人世間
月有圓缺 思你無悔

只願今朝與爾年年歲歲
只願今朝與爾歲歲年年

邂逅

是夜、與你相逢
當星星與月亮對話
當我痴呆凝視著桂花
你說你正深深的把我念掛

當春雷為百花而響
是夜、清風巧遇百花
當雪白再次喚醒她
是夜、雪白為百花溶化

當海浪親吻著沙灘
輕輕的褪去你留下的足跡
那已是夏艷的回憶
是否再次與你邂逅相遇
是夜～

在那白蓮並蒂
在那夏夜星空裡

是夜～
藏心間輕聲問候
當白晝與夜夢相逢
當晚霞與晨曦靜止了天空
你好嗎！
是否能～
轉彎處再次與你邂逅～

他鄉暮色

暮色霞柔雁歸航
氤氳映心草隱光
半是思念半是悵
昨歲倚君作何量

時光靜靜的流浪
在我思念你於他鄉
時光你怎停留
在我想你的時候
時光穿流
在我忙碌　忘了自己的時候

對你的思念
在那一片葉落　飄向遠方的時候
而你！而你怎會知曉時空下的我

寫於2017年土耳其愛情海

望著白雲　是對你的怒吼！

風起

如果雲知道我在想你
那就讓我在風裡等你

撩起夏荷裙角　踏踩臨水春泥
　足尖舞蹈著　這入夏風情
風！鈴鐺似的輕喚　雲在山頭招手
是鴉　是佛　將「愛」醉臥紅塵娑婆

撥弄著最後第六條挑絃
是話別時　　雨淅瀝瀝下著
陽光依舊　　映照山的那頭
出現淡微的彩虹
淡淡的　　淡淡的
如那芙蓉花香輕搖送
如你的思念　在那年寒霧中返來

雨知道！風也知道！

但！
濃濃的　濃濃的腳步
是踏踩在風裡的琴音
是指尖淌流的癡　是千年枯木的思念
就讓唱吟的心入詩　詩入茶
漢魂琴音輕撫　　斫斫之路
是即將離去的腳步！
濁濁之水！滾動幽幽遠古
無盡之思

半個圓

少了花朵綠葉點綴
春夏不過是個飛越的季節
少了惆悵 少了霜雪
秋冬怎會了解人生疲累

少了筆陪紙張才知心痛的感覺
少了紙頁癡筆才知爲了誰而掉淚
少了寂寞怎知思念是那一位
風在飛 雲在追 雨爲誰流淚！
陽光升與墜　　只爲將人生色彩歸位！
而奔馳的腳步　　爲誰堆疊！
似溫柔的輕風吹向柔弱花蕊
只爲給予溫暖的撫慰！

歲月！ 少了思念

如同！咖啡少了苦澀滋味
生活少了一支筆
詩人啊！你的雙手又怎能提得起鋤具
就讓淡淡的一杯水…在變化的時光中回味
日子久了　筆忘了咖啡
咖啡忘了詩味！
而你！忘了我是誰！

回憶

耕一畝心田
葉揚起　風之訴語
靜寂心言
回憶最是忠誠

痴心的！痴心的是夢
誰知！心是夢裡的回音
憶嵌心　靜默何語！
無力的世界　星光是彼岸是此岸
朗朗作響往日之曲

遙遠伴昔日　守候盡是歲月
青春葬盡塵埃對語處
流水眺望　涸石枯木
生命唱著誰の歌

續目寫著那頁故事

迎風爲何！
淹漫昨日的青春
用什麼贖回朝日歡顏
夢裡玫瑰已凋謝
花紅難春回

是夜！作影誰陪！
是夜！風敲誰夜！
曠野中回憶入誰心扉
月夜照亮　回憶中的回憶
不變的是夜！
子夜思你一回
那初識之約
任時光飛逝　不識秋冬
夜雨紛飛　風狂醉
滄海桑田難將誰忘！

難忘了！盡刻心扉夢一回再醉！
相約子夜！爲你而醉！

莫忘

時光走遠，難爲攜得明月歸！
這灰白漸漸的披上長長的，長長的似雨夢霞披
天空在迷茫中，灑落一地清涼
坐看有你的他鄉，車行去是否也已漸漸的將舊日揚帆吹遠
誰念他日弦音遶梁，一爐燭火獨照舊歲影
幾千個日月！
獨留斛光訴語不忘！難忘！

橫越溫柔山林　飄揚起朵朵白雲
永恆之愛　未曾忘記
阡陌橫飛　不語千年
縱然風沙滾滾　聲濤穿越那不語的千年
縱歲月有痕　韶光漸漸花開荏苒
縱陰雨細細，拾你沒忘！讓我依續你身旁
拾那熟悉的舊影相聚，雨音輕彈，掀起覆蓋的影像

就讓茶香訴語未曾遺忘！

空白

雲不道離⋯
用霓彩留下美麗
風已遠去⋯⋯
雨啊！你爲何而泣！
獨將思念撒落一地又一地
沒有風的日子
就讓笑顏化作微風伴著細雨
輕輕拾取片片墜落之花
築成歡樂漫漫的花堤

笑顏輕柔這燦爛
喚醒千山喚醒茵綠
喚醒了詩 喚醒了情——
喚了心 喚了意——
喚不去幽幽離情

別了湖畔身影 別了遺忘的心
別了夕陽池邐 別了朝露晨曦
就讓青山靜靜伴陪 就讓夕霞共渡相依！
讓幻滅的美麗……譜成一首動人旋律的歌曲！

殞落

最美的夕日
即將殞落
地平線一語劃落
悄悄的訴說
該重整心情了
呆傻了幾天
瞎晃的日子
春來了
這幾場雨
打落了
春花的美麗
是該重新振奮起
動力來
花謝了 飛了

蝴蝶心情如何！
花香 淡了就走吧！
剛開啟的季節
怎麼
就被幾場雨給打落了

陽光輕輕的推趕
將嚴冬送走
雨神暫莫回頭
且讓心情重新點亮
綠芽漸漸佈滿枝頭
心 將這季緊緊把握
不再讓你輕易溜走

花兒謝了 飛了 就放手
仰仰頭
天空依舊爲我等候……

守候

歲月是一把鎖
鎖住了你　鎖住了我
鎖住了諾言千秋
鎖住了記憶不滑落
鎖住了美麗傳說烙印心頭

歲月是一條河
流過了你　流過了我
流過了山頭　流過了村落
流過了你我心窩
欲訴從頭

歲月你爲誰守候
淚燭燃盡話說何從頭
幽幽路上驀然回首

心依舊！
卻看不到那盡頭的等候！
心依舊！
遙目凝望夕暮身影依心所有
心依舊！
肩負塵世柔情擔頭
心依舊！
此生守候

無痕

昨日已落
影子越來越遠
遠得已記不得那往日的清析
教熟悉寄托於月光

是幾時
嘻戲的河床變了清澀的模樣
是幾時
思念震啞了河床的音量
那群飛越的白鷺履痕著阡陌
是曠野映照著孤寂
一朵無痕的荒涼

那年篩落的雲隙

2022/04/07獲得最佳每日一星

讓陽光溫柔了臉龐
一首歌向著南方而唱
是冬日、是細雨 一起伴隨而往
在有你的那方

我想
在那春日檢拾一顆你遺忘的種子
有著淡淡的玫瑰花香
是風
將冷拉長了距離
時間
是忘了方向瞎忙

癡心是眺望
在窗的那一方
可有走來熟悉的身影
落筆是希望
仰望獨對今晚月光的迷網

空白了這新月的夢想
流浪

縮瑟

一首詩在異途流浪
冷冷的風吹著、吹著
雲 遙望著那遠處
藍天是心的故鄉
雨一直落著不停
那是誰的眼淚
風冷冷的吹著、吹著

髮絲上說著你吹來的思念
在夏艷開啟前
你卻隨著春顏遠走天邊
教那年的秋陪伴
流浪！是這詩裡的山已將心繾綣
說那風、你道是雨

2022/04/02

看著花開你卻言花落
幾時了
陽光不在
卻將那雲朵染成黑海一片

冷掉了的那杯茶
覆蓋著濃郁的情誼
過了這芬芳的季節
這味道你還喝嗎？

春天萌牙
是誰推落那枯荒之手
道別了冬日之夜
似一杯滾燙的紅酒
是醒了春天
還是將冬日睡去
這異鄉的一首詩
依舊帶著

你最思念的腳步流浪
風在那冷冷的吹著　吹著！
滾動的音弦　是那年湖邊腳踏車的笑談
詩已是異鄉的遙遠！

轉

思無由　歲難守
清風舞袖幾時休　溫語掌中柔
點點愁　爲君留
夜星伴月倚窗樓　箴言暖心口

揮別時空那端　在音樂響醒之時
若時光挽回　夜是否還醉
風不再飛　雨不再徘徊
鈴音依舊
是窗外的鐘聲！是秋的等待！
輕摘秋林霜葉　紅於二月花開
誰道秋意寂寥　清風月明爲妳而來⋯

心影

光 蜷曲在歲月的波浪
無止休 是簾後一曲
碎步小踢 古調低吟
花月正春風鎖入了追憶

刊登於掌門詩學的86期 視覺詩

信仰

風的遲鈍慢著步伐
在秋後的殘痕裡，幽幽等待！
美麗是風裡的問候
岸邊的柳葉向著遠方擺盪
不作揮別清歌
我用歡喜，迎接與你再次相會
那年盛開的花朵，是你的留影
花雨片片，寄一曲予風
輕輕告訴你！輕輕告訴你！
昨日依舊　我依舊　你依舊。

虛與實

靜靜的夜 靜靜的月
風！依舊吹涼了初春的花朵
沉浸的思念
茶葉在綻放的香氣間裊裊縈繞
月光啊！今夜與誰約會！
那沒有尾巴的愛情
如掉落的風箏
尋不著它失落何處
風！依舊吹著 吹著
吹著那醒不了的愛情
吹著那已著涼的心！
吹著那遠去的魂靈

雨夜裡的月光

心！將風中的空洞用詩意填滿！
筆直的路寫著堅持卻印烙著孤獨
誰知道來自虛無走向虛無　是歸的盡處！
而心在 心不在 人在 人不在
看似有似無的人生
什麼才是握住手中的永恆呢！
風！依舊吹著 吹著這靜靜的路
伴著這輕輕的 靜靜的腳步！
堅定的腳步　注定行向孤獨的遠處！
爲一頁傳奇　寫下今生的孤獨！

框住的幸福

秋的葉落
將思念編成一首詩寄託
風是信差
當輕愁悄悄地走過
我拾起那年幸福的影像停留

曾經的一個你

夜落的窗子
窗口倏忽送來那幕2013影像
昨日不遠　昨日已遠
掉落的聲音是玫瑰的哭泣
在你不告而別那天
誰能停止不去想念
飄過的風
彈奏著手中吉他的弦
誰又能停止不前
掉落的昨日
掉落了星月的眷戀

翻閱往日寄的書籤
寫滿著你的思念
朝露泣昨

請別再回首向我說著想念
昨日已遠
已不是往昔歲月
怎忍隨風而逝
多少弦歌憶去日
卻似走馬燈一樣去別離散
窗口的影
那曾經的一個你
封沉那思念

靜默中的盛放

靜默中的盛放

踏上你前來的路上
小巷濛濛月光落滿了窗
遠處小山坡的白雪開得奔放
幾隻燕鳥徘徊在阡陌一角
那一幕寫著歲落的慌卻是靜好的盛放
惟月光璀璨　惟微風踩著夜月輕唱

時光在轉動
那些日子我們鑲嵌著期望
存放在時空膠囊
想是花開在次第中綻放
我們與歲月相約靜好

剛落筆的那首詩倚著窗
同窗口那朵寒梅相望

想是心已長著翅膀
乘著風飛到你的身旁
月光啊！
可聽到那一筆歲處的呼喚
當我不經意途經了你的盛放
無關時間與空間
只在那分分秒秒中
翻閱著過去、現在與未來的美

日常

落筆中之曲在月光下舞影
樹梢紅葉寫著秋雨下的句句心聲
似蒲公英
一顆種子若能不死，落入土中便有機會
長成一棵高大樹木，予人遮蔭乘涼
一顆種子若能不死。落入土裡它就有機會
花開滿樹，果實累累
予人遠大的希望，昂首奮進不忘！

寧靜

用一首歌陪伴
攜智慧行遠
讓微風搖曳的小徑
撒落一地勤奮向前的身影
讓醒悟的晨曦在寂靜中
用心聆聽微微的低語
一陣風　絮寫！
細聽千聲萬種低沉的輕響碎訴
樹的簌簌聲　葉片的顫動嘆息
微風柔笑而去　逗弄著花草輕將腰身放低
心靈的獨處中　裊繞的輕煙
似一篇篇穿手而過的詩意
在心中低語　溫柔的微音穿過心房
輕輕的說聲　寧靜

與友人行於綠野小徑有感

輕撫絲絲柳綠
對言無語　心音吹向知音人
一紙千古傳情 舉案與心齊眉
鏡旋中爲知綴語相疊　是寧靜音波

踩踏漫漫的夕照　有一首心歌爲伴
捕捉一點兒寧靜　不受干擾不受牽絆
留一個心靈窗口　似候鳥遷移去而再回
似那夕霞微光　靜靜的！靜靜的！
獨留那片刻思念！靜靜的！靜靜的！
享受那份寧靜！

古厝

夏豔花紅盡迆邐
穿堂巷弄藏新奇
彩藝書音滌曉樂
百年古厝靜悠移

2023/5/9寫於埔鹽古厝

煮茶

時光輕煽
微火　煮著滾燙的青春
燃燒中
熬煮那一幕幕積沉的回憶

半月之光
星星閃爍著童年無知的嘻鬧
回首當年 一樣是煮茶
在幻滅中
縱然是萬千的歲月歷史

隔著江
晃動著遙遠的一筆潑墨
一語畫出著黑白
桂林花香、山重地平

2022/9/12

幾時　誰家與誰家秤過興與衰
幕幕由來皆從眼前掠過

樓牆上高掛的那鐘
依舊左右搖擺著
滴噠、滴噠警示
何管人生是與非，黑與白
空處、皆無眞假來

黑夜林中
靜幾分歡喜 淡淡然的清新
空氣中飄著滿室回甘之味
微苦的時光　散著處處的感動與馨香

靜思索
走過時間同時間的轉折
我立於這方。

聚

我在車裏等著火車的到達
我們相絮總是匆匆
時間此刻破了個洞
偷那閒晃時光
看看藍天採擷綠意

流逝的記憶
是你也不是你
我在旭日升起之方飛鳥已去
看淡了就會明白
原來我們都有高估或低估之時……是我是你！
其實也只是一陣風吹拂而去的光陰

想拆下美麗的景
時間卻將瞳景對折

或許此刻拾得的只是當下那一片天空的追憶
日子越淡、哲學味卻濃醇了起來
用一方扁舟將毛姆 人生的枷鎖行向無處
如那星子般的用力閃爍，努力發光
何若知秋，撐起槳藁順水漂流一方
我們如此而暢
在觸筆時　夕霞迎向　迆邐著光芒

牆言

待等一杯濃茶
先嚐口雨花釀的酒梅伴酒香
飲盡的是歲月樸塵的斑駁
流轉中的樂聲
靜聽一曲　舊時回憶
藏著無情卻情濃的悲涼
說不上的矛盾　理不清的糾結
望一眼窗櫺木雕
刻畫著舊夢的孤寂
　輕撫著這畫牆
留下字字的愛戀思語
是誰！飲泣舊文化的相思
思索著　這淡染初秋之顏色
當夕霞伴影漸長
星辰爲誰輕放光亮

不動之容顏　誰讀的懂凋落的殤
秋風且漸濃
不訴心語　盡沉藏　葉落也染荒
斑駁的牆
用文字吐出百年來心理的慌

罐子

擁擠的街道
藏掛著孤寂逍遙
燦爛的笑顏收容了秋的冰涼
哼唱著不是春天的歌
開遍不了春天燦然花朵
顏色漸漸被風霜掩沒
瘋狂的面具佔據在秋的顏色
無畏著旋轉秋曲攀越

輕撫簡單的音符仰首生命渡口
尋清流而嘯　盡與晚風歸去
待等的蓓蕾
採集一片藍天綠蔭
點滴裝在案桌的罐子裡
在思念的時候輕輕掀起

在翻轉中的罐子裡尋覓！

小橋

山風微涼　拾衣衫輕掛
擁攬靜好　春色同溪水悠悠
挼何事俄歡　問河畔瀲艷漸離
梨花教人嬌弱　豈是昨日滿身綺羅
小橋風滿袖　獨徘徊　幾處行雲自山歸

窗

穿過了窗
彷彿看見了舊日時光
時空同誰！
談著那段永恆愛戀
於心　於境　於情
於入骨之生命！
窗外的菩提葉依舊擺盪在盛夏的陽光裡
似乎喚醒起往日那笑語同我而走
在靜靜的路上
編織著想飛的夢！

那身影依舊佇立在窗邊
癡望著飄移遠去的浮雲
如何追尋
赤裸雙手而來　盪盪雙手而離

淨一身清白於心
何能帶走人世一片情
淡然與蒼穹而對
仰天而笑俯不愧地
書心笑問姍姍遲來
嘆怯非魂靈之晨昏
再問幾世情緣牽動
蒼天何證　歲月入題
殷殷求語！
添寫因果一頁飛追
誰！能力挽狂瀾！
只在功過中堆疊！隱沉一頁而歸

籤

那一葉
泛黃書籤
躺著字跡裡的思念
歲！
風行遠　而來
一筆飲回首
如雁飛鴻
獨行輕舟晃影沉默
思！
湖畔！漾波碧綠
垂柳 珠語溫耳柔
似老歌
幽幽！憂憂！
沉默不愁
教顏紅何休！

滿城醉夜任歲流
西風重重寄予北風羞
霜紅露且濃！
蕭寒過
蝶語柔不愁！秋落！
不思歲入東水　幾時回頭！
樓高且過！叫人莫蹉跎！

聚會

那刻
棋盤上尚燃燒著輸贏
我在泰戈爾的世界渡過重重大海
在你我相遇之時
向著不同世界各奔前程

春風送遠
千日去的幾載歲月
雨露枝新
桃李已作他鄉客

獨向
空白中的問答
是霜葉紅了秋
還是秋醒了葉紅

2022/08/25

本來面目

2019年訪法鼓山，面對大雄寶殿匾額本來面目所作

春山空戒語　萬念放風飛
靜寂揮暗滅　三月杜鵑歸
寂靜山林墜　初心去難追
塵囂終究盡　面目幾時回

塵煙離　何解！
一生情還於一生，心傾聽！
吟曲焉知曲中意
靜夜！霧濃覆山林
輕撫寂影，雨露散灑晨曦
風！於微雨裡行走

合十的掌心
醒著暖語溫度
於世無論順心　無論荊棘

知曉上蒼給予的人生
信守那　必竟之安排

佛言：人心可改變世界
心靜人靜　靜處慈悲便增智慧
心安靜！是上蒼給予的慈悲
最初之心　已是一霜煙塵
歲月濤濤　霑幾許風雨　幾許癡酣
醒來幾回！昏醉幾回！
若夢！夢醒方知一場空
一語指引！回到來時之本來面目
塵囂濛濛　蓋著幾世污塵厚垢
最初之眞盡染紅塵諸情
削弱那歸航之路
放縱！阻隔了光陰中的思念
無須反反覆覆追問
奈！洪流歲月濤盡多少青春年華
紅塵異鄉終究夢一場

莫忘那最初！
佛說：本來面目！

杯語話情

一杯茶喝著甜蜜
寫敍那百轉千回中故事裡的回憶

一朵花再美
謝了 重返也非最初之顏
如同愛情走味 人情走散
再回來也顯得幾分不自然

生活之美好
無非給人幾分情 幾分微笑
似寒冬陽光輕撫 溫煦燦爛
似夏艷涼風吹拂去煩

若有那麼一天
當彼此不能再在一起時

至少能讓人存在心中的一處
那一處會永遠有著你的身影
待在那兒的
會有著讓人在不經意之時
對你想念
拾攬我的微笑 我的溫柔敦厚向前

茶樓聽雨

坐雨聽簫寒　　音雨會兩端
寒煙翠碧多情繞，倚門夜雨瀟
琵琶雙行淚，穿越千古君知曉
珠簾殫顏心難了，問雨何將天作響
罪予誰俘擄，癡字背負一把刀
倚石頑固蹤影消，珠雨幾時曉
幻滅浮世何藏身，鏡反無處逃
西風作柔綘草化魂歸去了……

雨落花殤

剪影斜臥
舊時光已漸漸消失　淡忘！
彷彿你在身邊，在轉眼間卻又走遠
是偶然非偶然，一場幽悵花落雨湯

昨夜風　吹向昨日
月照斜影
秋末桂雨早已散落而去
花謝了　留下的！
唯有那吹不散的人影
繾綣繫永於心

昨夜風　吹向昨日
泛黃！是梔子花的香味
思憶莫追　思憶莫追

窗下的向日花已睡
星子已墜　霧雨漸飛
誰予相隨！

柔顏飯菜香

晚霞引夕照
斜照著昏黃映入了紗窗
那柔光停留在母親忙碌的臉上
汗珠滾落了臉龐
好似水洗著廚房的奔忙
炊煙飄和著煙霞 穿透了窗
那身影如畫
畫這廚房最美的景象

鍋鏟敲出了飯香的旋律
菜餚輕輕飄著愛的歌曲
昏暗中忙出了最佳的聲影
那雙手用著鍋鏟翻炒這飢腸轆轆的詞語
當霞光漸漸的沉入了地平面
亮起來的燈光

挾帶著陣陣飯菜香的進行曲
這天的辛勞妳說都已經忘記
因爲妳的愛都已經加入飯香裡
我見到了最美麗的妳

圍座在餐桌上
看見母親滿足的笑臉
洋溢著燦爛的光環
我是如此的感恩
輕輕端著這碗飯
細細咀嚼著媽媽柔顏的飯菜香
這是生活中最幸福的美好時光
誰曉時光入歲穿梭　盡將容顏摧老
當銀髮在光下閃耀，我卻莫名膽怯心慌！

捻花微笑

雨落！
撐著傘漫步人行道路上
夜雨淅瀝瀝的下著
我思索著方向
佇立角落凝望
車子呼嘯而過
濺溼了我滿身的衣裳
我望了望笑笑
想起了捻花微笑
佛法的禪香
這秋雨似禪話一場
慢慢溼潤大地
細細溫暖心房
人生似夢芬芳
是否懂得深入寶藏自我尋找

取得無盡的芳香
這夜裡我知足漫步思量

印記

喜歡那靜靜的角落
靜享一頁千古傳說
將目光停留在那午夜的等後
時光是夢，引人穿梭

無垠的星河，閃爍飛動
曾經有的霓裳羽衣，
隱藏在文字背後
纏繞著腦海，縈繞於心中
輕輕的提起那沾滿丹青之筆
如夢揮灑　似乎回到過去
千古而行　千古而離
去也依依　離也依依
心失落千里　　銀河望何盡！
提筆無力！印烙在無垠天際！

尋不回最初記憶！如月！靜言何語！
遙望千古城牆！入何題！

時光穿梭記憶山河
揮不動已逝之慌
來不及現實倚望
細數的流星那一顆才是記憶中的古老！
踏尋的腳步走落多少的歲月寒涼
茫然紅塵似衣袂飄盪
隱落紅顏青容　隱落千古過往
將心遺漏於千年歲光
搖醒的是夢還是曾經的閃亮！
沁涼蒼穹爲誰奔騰而走！
揮手已過　似夢煙波！

筆的告白

一支筆寫著看似遺忘的事
說著 習得那方遺忘
幸福會在這方開啟
展翅斜飛 穿越絢爛的華麗

午夜的嘆息
這筆搖動說寫著
在心靈的愛同陽光燃燒著
同孤獨相融合
池邐中的長影
有著海 天空 雲雨以及遠飛的蒲公英味道

一支深情的筆
寫著刻骨銘心的故事
那哭泣的墨汁

2022/12/6

爲今夜寫出綿延的詩篇
筆心述說著
我不想哭，因爲愛鎖在記憶的深處
筆深情的眼神說著
我不想哭　因爲愛情終究太短
而遺忘終究會是太長

一支筆淡淡的說寫暗夜中的神聖
沒有愛　沒有恨　沒有孤獨
衣襟上的那股玉蘭香
銷融著這筆下的如來信念
似鋼石般的堅強
筆中的告白　空谷中迴盪的希望
幽微的香在綻放

竹塘九龍大榕樹

一棵三百年歷史的九龍大榕樹
伸延著三千公尺的綠蔭
那一線光
散發著無限力量
靜立中總有一抹時光會讓人置心微笑
在單軌而來的人生
在朗朗晴空下
放映著時空裡的僻護
魚躍之光
巨龍守護這一處的傳奇

靜謐美好的時光，心中盪著這一首思念醉人的詩歌
作者記得是：扎西拉姆·多多，咀嚼其中滋味，哲理之深，令人回味再三……

《班扎古魯白瑪的沉默》

你見，或者不見我，我就在那裡，不悲不喜。
你念，或者不念我，情就在那裡，不來不去。
你愛，或者不愛我，愛就在那裡，不增不減。
你跟，或者不跟我，我的手就在你手裡，不舍不棄。
來我的懷裡，或者，讓我住進你的心裡。
默然 相愛，寂靜 歡喜。

有時會覺得與胡適先生的夢與詩
一樣的讓人心痛與感動！
醉過方知酒濃，愛過才知情重
你不會做我的詩，就如我不能做你的夢。

人生之歌

生活中總會有所難題需要面對
我不退怯我選擇勇敢面對
我始終相信只要有心，不怕面對　任何事情終會轉圓有所解
我始終相信祢會開啟我的智慧
永不放棄是指引方向而歸

　當太陽再次升起，我感恩上天，我感恩自已　感恩還能呼吸，還有能力愛著人愛著自己，還有健康可以耕耘生活所需，爲自己爲他人而努力

　當太陽再次升起，我珍惜自己，面對工作，面對事情，不輕易嘆息灰心　有肩膀承擔事情，懂得轉移情緒更動風景亮心音　將四季景色融入於心化作深情　串成記錄揉捏成文字添詩意養幽靜

　成長自己分享他人

當陽光再次升起　也會有傷心的回憶　也會有美麗燦爛的期許，但求向前努力，不

奢求過多的獲取，且將世事淡看輕移，當目標漸漸地亮起光明　也不枉費上蒼給予的美麗健康身軀　將靈魂修得燦麗明慧，境如雲淡淡而去時，將是另一片悠悠然飄盪祥雲

當夜悄悄的來臨，我將思念的你，輕輕的敲醒濃濃的繫心，用優雅旋律陶醉自己，是夜的美麗、文字的芬芳迷了夜也醉倒了自己　不去逃避日子的憂愁，仰或耀眼美麗面對才是勇氣，且用信心與努力，將不如意　如蝶展翅輕飛起……

耀眼陽光下　幻化成永恆的美麗

詩與世界的距離

詩與世界的距離

浮雲朵朵是詩的窗口
化作一顆種子
向世界每個角落散落
在春天裡吶喊奔放
在夏日艷陽中燦爛翱翔
在秋紅拾心遍染翠翡之顏燦笑
陪冬風敲響雪白夢想

詩化作幾縷相思
寫下多少斑斕的希望
詩 伴隨身旁
江河流逝
歲月靜處不慌
與詩雕砌成樓
是軟綿的棉花糖

是遊戲的跳床
是心靈依靠的故鄉
將世界的詩凝聚力量
在慌與狂　美麗與希望
閃爍著無痕的光芒
詩讀懂這世界　而我讀懂了你

墜落

寫於鄰居婦女之不幸，感慨世俗的無知

被擋在牆外的靈魂，
爲誰丟了青春！
進不去的城牆，
孤獨的身軀遺漏在角落裡。
歲月不爲妳停留
青春早已從指縫間溜走
唱慟的悲歌！
是妳灌溉四季田園的淚水，
流呀！流呀！讓天地爲妳別愁
野菊花爲妳訴說孤寂的青春，
朵朵白玫瑰爲妳哀傷，那不被疼惜的歲月。
哭泣的野百合，望穿妳一生的傷悲。
走吧！走吧！頭別再回
那一畝栽種滿園的果子
成熟了管他收割的是誰！

走吧！走吧！孤獨的眼淚
仰天而去　別再歸！
走吧！走吧！訴盡一生的美麗與哀愁，
將它放逐於歲月，隨風飛隨流水　別再回

不忘

那浪架著黑框眼鏡
說著 我不想睡
等著李白的邀約
我不想睡
伴著棄辛疾同賞花千樹
夜看星如雨

在時間與空間的整合時
跟著思念去流浪
請不要告訴我
那裡才是家鄉
請不要告訴我
那泥土的芬芳

階前葉早染霜

2022/10/10

你怎會知道
枕邊的眼淚成行
你怎麼會知道
每一行都成了荊棘之筆
撕破這夜裡的心房

眺望

瓊窗幾見昨日夢
揚柳紛飛鏡寫空
瞳仁無舊色　行履喚匆匆
歲似波光　轉眼斜陽
已是幾許青絲枕落拾得！月明幾時重？

月滿八分映西窗
風涼筆暢！琴蕭往，夕落倚他鄉
漏斷三鼓無寄處，燭殤！
鴻雁且歸航，問語高樓！幾度沾秋涼

勁草

如果以生命寫下今生的最眞！
妳會寫下什麼！
路是幽幽然的走來
我們能爲生命留下什麼？
愚昧的我們追求了多少空蕩之日子而不自知！
宿命若如飛蛾！剎那眞能永恆嗎！
誰能知曉！誰人又知道？

心間的呼吸只在那紅塵路的遊蕩！
如鐘擺來來回回的走著！走著！
走落了多少你對我的遺忘！
沒有回答！是飄泊的雲
而答案已遺落在天際？
是否！雨落的聲音是你給的音訊！
沉默的思索竟是一滴淚而歸！

若只用一句話又該如何寫下感謝！
如飛鳥有羽翼而行
而我用胳臂耕耘多少精彩！
何敢將腳步佇停……
驟雨總在瞬間將左右之心澆醒！
然陽光是否依舊如昔！
在我傻了的時候……
也許該如那草原之勁向天而伸！
勇往向前！不思回頭勇往向前！

腳底戲曲

2017年登駱駝峰逢雨，滿身泥濘所作

煙寒春雨，踏覓山林處角，揮灑風雨傾訴，泥濘寫一部春深戲曲。跨越山風聽雨彈，音聲旋盡山林，細語聲韻，放遠而望靜靜的佇立，觀海濤盡敲岩礁，曲曲轉旋，是否爲春雷補上一聲驚響！

心在風雨裡踏尋，踩踏歲月裡的泥濘，腳底的塵沙泥垢踏響漫漫的長路！靜靜的用力向前攀爬，輕輕的將心端起，洗滌塵囂裡的愁雲，用腳步畫寫另一章戲曲，在泥濘的山音風曲，靜享雨葉聲聲打響的禪意，誰能輕輕的放！誰能淡淡的忘！用掌心在荊棘裡撐住，一份不畏的毅力！

不回望來路的驚愕，何懼前方迷離！將步伐往前再尋去，一步一步抵達光明，汗珠下暫歇息，揚風處仰頭舒心，靜提一壺茶飲，人生的歲月……幾時細膩！煙雨只爲風雲入題，知音只爲風月寫意！懂的付出，便能見識歲月眞諦！不畏風，不畏雨，不爲芬芳尋覓，只爲歲月訴語禪心！靜靜的！靜靜的！靜靜的在夢裡回憶！

琴音依舊

有時候 靜也是一種美麗
有些事 有些人 有些話
就讓它靜靜的躺在心裡
或者靜靜的落於紙墨
鎖成追憶
或者靜靜躺在紙心上
折成紙飛機　飛行遠方予你！
此刻的風靜靜的道聲再見
此刻的心寄語遠方
此刻的人你於何而往
然而！
此刻的天空怎叫人瞭望測量！

夜雨心曲

昨夜風，叩醒昨夜雨
風吹，花落，尋知音！
流水輕送柔情　千山過
夜雨搖醒梧桐，彈唱卿心！
雨喚花雪滿地，鴻雁飛，那一湖江寒冰凊
莫教花雨如夢，昨年已去
輕聲啼唱，默然寂靜！
就讓山谷之音　直上雲靑

馳騁的思緒留予那年的季節
風走了　雨尚留
一如夜裡的旋律陪伴
花謝了　芬芳依舊
漫天飛雪留著走過的鴻印
話別那離去的舊日

溪流訇訇捨不去的是眞情印記

摺疊書心

時光在流逝
靜靜　悄悄
在書心中遊走
在爬梳中積累成橋
是忘不了的相遇
還是緣深的久別重逢

我從風中向你走來
我從雨中躲入你的胸懷
在千古中與你相依
在動亂中同你相遇
時光的點滴在那朵花開的時間
禪語道心
偶然的相逢是書心中牽動的巧遇！

2022/12/12書寫

花開時　書心述說著恆遠……
我將心之一頁輕輕撥開
那湍迷霧重重
說是歷史的淒美
無端寫著心碎的歌涯
愧負那詩人的句句浪漫
在那陌生的一處角落
寫下刻骨的眷戀

書頁花香

腳踏車轉動著琵琶湖畔來的風
拾起你在風裡寄來的話語
那是幸福的感動
書頁正深　而此刻只想告訴你
藍色的天空　碧綠的湖影
是你糢糊的身影在眼前與之相遇
無需挨著浪漫　柔光裡的悲嘆
是濃濃的不捨　那份情在風裡並肩
不褪色的玫瑰 在書頁裡綻放
我在日子裡的日子
走入你給予的璀璨

微光

醉臥千年曲意
戎馬聲聲千里追尋
城牆外 喚不回英雄壯士而歸

古月照今 寄掛多少消瘦身影
煙雲瀟瀟 樓蘭刻畫多少印痕淚雨
蒼天隱袂而笑 寒顏赭沫 輯履顛簸
央央而逝！紙語盡寫多少流連！

轉不去那已滅聲影
春秋莫將心曲盡望！
煙塵滾滾 滾燙多少沉寂
誰又能撈起水中之月！
喚醒沙塵千魂而歸
塵世猶如海市蜃樓

2019年於彈古琴有感而作

轉眼而去樣樣皆已空
拾那歸還之心尋穴隱

彈一杳杳之曲
覓不著千載之城傳語意！
何能枕落斜月之影
怯怯城牆外瀟瀟之音！

葬心歷史

秋雨送孤獨　拭誰淚！
夜何悲！心已睡！寂寞難訴塵世非。
小城春草馬蹄追！歷史盡寫英雄去！
難回！難回！
悲泣！泣悲！葬心爲誰！
君無心！力挽山河淚和血！
徒一筆淡寫古今，獨飲淚！
夢裡回首千百回，悲切！悲切！

幻象

旖照天邊雲似火
光流萬丈暗穿梭
漫漫鄉間拾瑞氣
春秋論語莫蹉跎

2023/5/22

作者自拍於鄉間

Fantasy or Mirage

幻象英文版　翻譯／黃敏裕教授

旖照天邊雲似火
So beautifully picturesque in the edge of the sky seen are the flame like clouds
光流萬丈暗穿梭
The light beams radiantly flowing a hundred thousand meters high piercing through the darkness shuttling to and fro
漫漫鄉間拾瑞氣
Overwhelming to permeate the countryside picking up the auspicious airs
春秋論語莫蹉跎
Chun Qiu History of Spring and Autumn Period along w' Analects need serious reading never idling away the time

歸與回

2022/5/13刊登於印華日報文藝火炬第444期

那一年
黃河的眼淚
洛陽的水
母親的呼喚聲聲催

踟躕的腳步寫著寂寞
那不是愛人的醉語
是奔狂的馬蹄
滾滾潮浪是一波一波的書音
熨燙著一枝轉動不停的筆
月光在孤影窗上獻給的微笑
尋一字歸、找一字回

暗黑言啞
那一處

文學隱藏著危險的路
不知是通往臺灣
還是來自中原古都
笑裡的那朵微紅
是帶刺的玫瑰還是愛憐薔薇
罪！是贖不去的眼淚

燕子去了又回
是巢中的孩子喚聲而歸
還是依戀辛勞來去奔回
灰滅了 還留著驗證的血
黑水溝載著誰的心似鐵
陽光有愛
人們的呼吸讓祂忍不去徘徊

一杯咖啡、一杯水乘載的是眼淚
時光吶喊著甜美
光在葉落時回土

吶喊在靜謐中歸鄉
旅人終將安躺
化作微分子讓宇宙收藏
讓歸與回向幸福伸張

自由燃燒的溫度

時間在推行，我是舟？
潛逃的時空，虛擬是假像！
銀河行走著過去與未來
軸輪轉動著萬千個影像
原來
時間是虛空裡的一點幻象
迷霧向晚
論述著！我們對這世界的理解著實有限
你拿不出時間，它沒有重量⋯卻將重量拋出一路長長的線索！
我從二次元走向你唯心世界
在幻或不幻中⋯⋯
將虛假重疊在虛假之間

城市中的遊戲被吞沒在陽光的林園處
潛逃是走出迷霧的開始

2023年1月刊登於台客詩第31期

在宇宙空間裏躲藏
孤寂數著舊城中的顏色
用藍色的調合寫著那處哲學的起點！
海呀！請別在它處唱著驪歌
我將在此處，同你在幻中同飲那咖啡裡的苦澀
窗在這方望你那方
轉換的角度中
我們又看到了什麼
幻滅中在過去與未來…誰在智慧與癡呆的左右做了搖擺！

偶然拾得

春天在花園裡同妳碰面，用溪水同花葉煮一壺甘甜。

微風遊盪著春天裡的溫柔，在這半山腰裡靜心漫走，妙的是枝頭上的花，半是燦開半是幽鎖，幾人相約賞花，卻不知如下賞的是花，還是賞這一份相知的靜心，相視而笑，難得拾影偶然。

陽光明亮，山風微涼，放慢的步伐在那幾株已凋零，凋落的山茶花林中，將話題落在小仲馬與茶花女的悲涼劇情，然落了一地的花香，又似黛玉葬花詞中讓人嘆愁哀傷，靜處山風清涼，不去論人世情緣幾何，因果總會將相近的人，歸咎在同一處，何必探究其結果的眞與假如何！靜心便是寬廣。

暮色霞晚，你說柔和似山茶，靜美不說話，溪音濤濤喋語不休，我想！半生緣！美與痴皆是罪，皆是距離……如此，我們向星空裡走去……將風夾在書頁裡。

一行詩

一碗茶
琥珀之澤熬煮歲月的芳香 沉澱歸根的滋味。

思鄉
一輪皎月獨彈古調 記憶翻攪那熟悉的旋律。

刊登於掌門85期

三行詩特輯

刊登於2023年第3期中國海外龍鳳文學

毛筆

翰嘯清白唯寄墨黑
身染五經笥學歸
長風袖舞詩意相隨

分手

道離別　輕諾難留
似輕煙走獨隱山林
憂愁　隨雨後彩虹　掉落

秋意

一場雨澆熄夏艷的竄動

拾取初光星斗
迎窗梧桐 秋已上心頭

日記
獨留一日精彩線索
引春秋論述
供歲處記憶探尋源頭

手紙
爲人拭去悲切
陪同走過歡樂淚水
到頭來還是遭人唾棄

刊登於中國海外文學2023年第四期

波斯菊

秋風南移
陽光灑落一地朱紅斑斕
微笑在田野間綻放嬌艷

瀑布

白龍自水源頭奔流
眼眸將你高高舉起
淨透雪花散落在翡翠秋林

燈塔

浪裡濤音你獨自佇立
黑暗中將光擲向八方之遠
爲你照耀一條燦爛

寫寂莫望寂莫
墜落的花顏
將魂魄歸還泥濘的春天
寒而不語是那飛鳥淚雨相望

花香

晴空在窗的那方
微風將色彩初畫妳臉龐
簾外飄來垂髻之香

刊登於中國海外龍鳳文學2022年第5期

神話

智慧在秋色裡掛著閃亮
貓頭鷹的一席神話
將米納瓦、雅典娜、艾西斯鎖入同一框

秋天
風散撒一把寒涼
教萬物換裝
紅白橙黃齊上

我們
請別將美麗挂上新名詞
去掉了人性色彩
門裡門外唯有利益共處

革命
翻修枯老的訓
屬兵抹馬產除一路障礙
搖旗吶喊中插上一面新標誌

刊登於中國海外龍鳳文學2023年第1期

昨日
是舊日的地平線
錯亂了光的前後順序
那前日的明日在昏暗中落去

劄腳
裹住三寸純白
框綁靈魂的自由
婀娜似柳說是美麗的錯到底

孤寂
戰馬嘶鳴星月無光
靜寂在那片無垠的蒼茫
風沙漫天衝向不知的遠方

約會

與春天約好相聚
請給我一個靠窗的位子
花兒、蝴蝶、燕子、蜜蜂來了

棋子

冷腦清心的專注
是誰左右了誰
廝殺中但見輸贏

火

朱雀化祥瑞
是光、是熱、是希望
喚飛三足金烏暖心房

窗外

倒退的景物
記憶向著回憶討索
那光穿梭在歲月裡隱藏

夢

掠入黑暗中航行
穿越妳微閉的眼簾
悄悄潛入那睡眠的深處

風

漂泊在林邊在海上
柔軟的樂音喚著歸來
你說流浪才是眞正的本色

衛生紙
用我一生清白
拭去你所有的污穢
直到生命盡頭

粉筆
吐盡一生千古知識傳遞
無畏焚膏繼晷奔走
粉身碎骨化作一頁歷史

毛巾
將每一寸肌膚吸吮
浸漬陶醉的香甜
直到一身腐破散去

貓頭鷹
無聲 獨立高處一偶
別說我是厄運或幸運
在發亮的眼神中叫我智者

雷
炫耀著一身的光芒
閃爍著驚人的舞姿
當眾人瞠目結舌時放了一聲響屁

夢在山的那一方

夢在山的那一方

那山在淡然中書寫著幾分靜謐中的歡喜
山裡煮茶 煮著那消失的滾燙青春
光陰在山林平躺著一幕幕沉積的回憶
沒有霓虹的山
半月的星光 掛著不知年的嘻戲
雲在山的水墨中飄動
縱看橫看
閒笑間談著歲月萬千

微風同一壺茶煮著鄉鄰間的趣談
華麗編織著誰家的興與衰、悲或喜
在清晨的窗臺掠過
鷹在空中俯瞰
屏息是此刻風中的那一片透明

留不住是昨日山裡的夢
夢想中的巨人
尋著那軸線裡的路在山的背後跳動
佇足是那涓涓流水
乘載著多年的輕聲細語
這語已是花落

回首的夢在山的那一方
純樸的光陰
慢慢消失在山的光影
是那最初的聲音在耳後響起
去吧！女孩
追求自己想要的天空星斗
多年後
山在盡頭彈著夢裡的音符
歸來吧！女孩
朵朵熟悉的白雲在山裡輕唱
風在呼喚中迴盪……

夢在山的那一方凝望！
風在城市的霓虹閃耀竊笑

遠方

2020/12/25寄語美東

孤寒在遠方
一語鴻雁來
冷月無聲，冬風涼
雲破天蒼，君倚他鄉
轉返遙遙，莫忘！
何求世世皆有情，
但結人間未了因。
花千樹，夢寄高樓橫鎖！
一把燈黃堪照，菡萏處處香？

風起！遠方有你，萬里鴻書寄，他日君臨東岸，花正開，怯言相思。
揮手朝雲，碧綠已轉嫣紅，一語匆匆！臘梅映雪白，舊日影像將窗穿透，清輝盡灑相思，遍滿紙地。

與月同行

寒星之夜
八分月滿映銅窗
風細一簾香
向南邀月同行
那方
桂影道秋涼 荼蘼作日昨
徒留
思念十行鎖在紙上 摺疊成荒
怎教
白露醒花落 作化紅泥待春長
將昨日留予你 帶走今日的我
許在璀燦之日　與你不期而遇
在他方！

2022/9/8

山中星霧

2020/02/27寫於武陵

這夜！山裡好靜！好靜！
靜的能聽得到遠處的溪音
靜的只聽得到冷空氣裡自己的呼吸。
山裡的夜好黑！好黑！

黑的看不到山林裡的樹，山林裡的霧，卻讓這滿天的星光，在這黑暗的夜裡顯得明亮如去塵之珠，讓人迷離沉醉，讓人知足此刻心境間的幸福。

這夜山中又起寒霧，幽遠似煙雨卻繞尋這山林情濃，彷彿我從霧裡走來，又從霧裡走去，迷戀！是對山總是有一種說不出的深情，那份幽靜是城市裡所沒有的。

不是愛追花飛，只是愛山裡的星夜，不是愛蜂愛蝶，只爲山中的霧與風雪……一陣風又將這嫣紅之雪輕輕吹送。

我帶不回山裡的風，我帶不回山裡的星夜……就讓此刻在微涼的夜霧中，讓腳步行在滿是煙霧花雪群中輕踏，如此星夜裡，何不讓心再次給放逐！

暗夜觀星

遙遙之音 藏足而行
濤濤江浪夜笛曲
輕叩北極星
沙足洗沙 婀娜煙寒倒映水
何忍心！尋不著呼吸
魂靈覓不著歸位
千古聲蹟雨淚徘徊
俯瞰之鷹！視誰窳！
但祈！
南方盛開的花朵　在微笑閃爍！
仰望洲天星子
如心竊盜知覺！讓驚喜佔滿星夜河舟！躍然足樂寫曲之樂！

寂・寂

雨輕輕的下著、線絲般的下著
漫漫、漫漫
走在離家不遠的林徑
是貪、貪愛山林，貪愛山林的幽靜青翠
愛上那一片清明的白雲
愛那雲，卻不知雲此刻跑哪兒去？
風依舊響著，響著山林中的話語
說著常寂！怎能知其是寂寂無寂？
是如此！寂是靜中之極
心若無所染，便是寂享眞淨、眞靜

是靜 走在文字的浪漫
在浪漫中過著寂寂的流浪
日子在山林谷壑處爲家
教河流爲舟

2022/4/20

時光的岔是兩旁的飛翼
抽離那現實，卻將抽像的幻境，編織著行者的夢入了軸心
如同那列長長的火車
載著初生到來的哭聲、笑聲
是撫弄日出前的微光
穿越中載著奔跑的打鬧聲
那是青春的一段快樂
時光裡有著青春的音量
是燦爛的光芒
又有誰能不去跟著一起奔跑呢？

遠處又是另一個風起
葉無語！化凋零根歸於土
道昏黃盡夕日之美
是再一次的轉換
落！呈現出再一道青澀耀眼的光芒
海！吞下了一顆熾熱的淚珠
那是什麼滋味！

當靜沉浸在世界的盡頭
倏忽間再次浮現出那朵祥雲
在主觀、在客觀、在去與來
在那方靜寂……輕撥開……

北方孤星

黑夜的靜
在天空的北方有顆孤寂的星
他說他不是旅人
也不是過客
但此時他失去了愛情

黑暗的靜
冷了他溫柔的心
他想狂奔
卻用一首短詩
在熾熱的背後
寄給南方初次的愛情

《台客詩》35期

寄語晴空

烈日，滌一身清澈
雲雨，卻是濁日聲囂
何來瀟寒之風
望仰那日鳳凰孌笑
靜一身輕影燦顏而去

旖照天邊雲似火
光流萬丈暗穿梭
漫漫鄉間拾瑞氣
春秋論語莫蹉跎

風の心

搖曳的風訴說著那沙漠的孤寂
旅程是漂泊最深的記憶
風沙捲動著陣陣的刺痛　陣陣的迷離
滾滾塵沙看不清身處何地
那一望無際的孤寂　不懼
搖曳的風仰頭高傲的訴說著
我已走出塵煙漫漫的谷底
絲絲的傲冷流露出傲骨的笑意

溫暖的風輕輕的　輕輕的
訴說著那草原上的春漾綠蔭
山與樹對話著古今
歷史曾經走過的演繹
草原上爭霸的事跡
那水源是滋養大地的生息

高山上的積雪是草木春生的大地之母
潺潺流過了高原越過了小溪到達了這裡
灌溉了一片翠綠　滋潤了春夏的美麗
藏著深秋　浪漫之回憶
風與雲的故事就在那裡

溫暖的風裝滿了甜甜的笑意
望著飄過的那一片雲　說是美麗
草原上的風戀上了四季的更迭
戀上不同的綠黃絮語
輕吹著溫柔隨雲遨遊天地
喚醒歲月驚心的景色
換新四季彩霓　迷醉於心
照亮大地之情洗淨時空牽移
陶醉在風與雲無題天際

聽風曲

遠古之音尋遠千里
溪音濤曲，流盡多少美麗時光
葉落拾雨，星月幾時將歲忘
痴步的雙腳走過多少個惆悵
走落幾季煙雨風霜，若歲處漸將人忘
若前世之約遺落在孟婆湯
忘川之水盪盪，何時滾燙
幾時迴響，曾經有過的美麗
能否！再一次不慌不忙
能否！不再讓人遺忘！

在那歲末處再次爲我光亮！
天地幽幽輕撫秋葉伴柔
那個寧靜的煙雨路口
爲誰靜靜的等候！

靜靜的秋　爲詩添一份眞
爲禪意入一份情深
爲誰將琴音濤聲千里寄
寄予遠古轉載幾世訪知音
怎似塵沙矇眼狂滾　阻誰相逢

走了天地　走失了風情
走了幾世情緣　走失了心
挑一肩水 水裡映照誰影
靜煮一葉禪心　滾動多少前世魂
影影照心，錯了幾世擦身緣份！
我從深秋靜靜走入春之曦晨！
爲尋那幾世絳珠紅塵　再續晨昏！

與風並行

乘著白雲
我從夏綠而來
走遍溪林 走遍山涯
問那野雁 楓的家鄉在那個方向
那曾經是你我一同走過的地方
尋覓那年的夢想 那年的嚮往
我走進了秋紅之鄉

路過的風 行往遠方流浪
要去尋找心的夢想
它曾問溪流的魚兒 大海是什麼模樣
它曾問月亮 草原是不是風的故鄉
魚兒說 大海藏著無盡的寶藏
藏著天與地的心臟：藏著生命的思量
月亮說：草原不是風的故鄉

草原是蘊藏生命的資糧
草原爲靈魂而歌唱：將惆悵著上新裝
將星空點亮　　讓微笑燦爛
讓心飛翔……

風中的旅人

山裡的野百合
搖曳輕唱
月明天涯　人生似風
我們都是這風裡的旅人
如三月花燦花飛
追著的是旅思
還是斜陽外的煙雨華顏

一把情　掛著不老的天
那山同白雲訴語
高樓何將往事成空
醉夢窗紗望不見
浪潮追捲了一場一場的空白
半是因緣半是心

讀懂此刻裡的風景
在足履乘風的山林
在我閱讀的空間裡
迎著風只爲與你相遇
看那！浪來了　　浪又去……
幾字箋紅盡是當年窗下語！

半是幽然 半是煙雨

秋芒倚風泣
庭草日漸稀
古城桂香飄何歸
雲遮華月思所繫
孤影幽幽　無情作星墜
絮白且紛飛　鬱鬱不知歲
窗櫺夜轉西而行　顏漸退

似雪絃索掛霞夕
忘了你忘了自己
忘了炊煙遠去
獨一行南雁飛離
灼一身紅楚　入秋節鵝黃
巧弄詫然嬌麗

垠秋歌爲何曲
半是幽然　半是煙雨
問幾時又是月圓！
待清輝輕叩時

醉無淚

離樓刻畫千古夢，
音書幾處盡，
秋紅葉已落，
塵衫醉無淚，
一紙書語寫滿襟。
逝去追無期！
無期！
醉蝶莫怨花別離，
月明依舊照青衣。

夢醉紅顏

烏衣巷弄 繁華皆夢
堪是顏紅醉花淚
阡陌壑田 白雁千千
片片雲朵沁染心間
恆遠 恆遠

花落魚躍 縱橫山色入眼簾
一方歸去滌洗塵煙
飛遍 飛遍
千里獨唱 弦歌異地 異地歌弦

托腮那羞澀的青春 鏡攬容顏
怯守的歲月 誰將美麗諂媚
教芭葉泣聲成詩篇
那昨日之雨

2023/02/28

伴我慢慢回到從前
去舊日音書眷戀
再話紅樓
紅樓依舊 夢裡生煙

慧愚相煎

昨日重現
朱衣暗燃一把光
北方第四顆星說是相遇
已是昨年倚昨年

顫抖的筆寫著一方的故事
回首有你的地方
縱然時光流逝
縱然已走過無數個寒暑
誰能爲你拭去淚水

微燭燒心說是熾熱之誠
再一次的璀璨
依舊有著不老之春
行向夢想的家鄉

木蘭花飛
說是春風飲醉
風月啊！何管竹木橫一喚作誰

長夜抒書
筆筆盡是歷史
星河隱月獨影徘徊
世事滾盪終將睡
不若一葉輕舟拾得慧智載詩歸

異域歸心

歸鄉的夢
遺落在異國破舊坎坷的道路
在槍淋彈雨中躲藏
誰能爲她拭去思鄉的眼淚

葡匐前進
幾千幾萬個語墨
誰能爲其撥開一線曙光
在海的那一方
紀錄這螻蟻佈滿荊棘的希望

忠貞 是爲捍衛那生生不息的民主
歸不去 是遺落的步伐
天心悲憫
爲那方異地落一池慈悲之水

2023/6/15參訪忠貞故事館小扎

慌心爲誰
亂的是 路線不明
愁了歲月斑駁的痕跡
歲月泣訴與草木同朽

罌粟花 用華麗的美
抗告黑暗中的罪惡
悼念
是無情中之奢求
路依舊蕭索著黑夜的寒冷
誰爲他喚醒春的腳步
倚盼中送來一份微微暖陽之光

讀自逍遙

夢想！猶如雲般的蒼白
似夢幻的暗眼
在追逐中
何妨將憂容推翻
是怒吼的惡魔
我將輕點一盞蓮心花香
是溫柔敦厚的天使
我將赤足興高
同寧靜與煙雨高掛

躊躇的天空
嘻戲挂著不知名的符號
絆住心脈流竄
該是向左思轉
仰或扭擰而右

2022/12/30刊登於印華日報文藝火炬第504期

那鐘聲向著湖水飛行
無數翻飛的翅膀
放任思緒去流浪！

花雨　花語

那啁啾燕語寄語窗口藍天
遠離的白雲捲動了這方的思念
說不了謊言之心！編織著美麗的欺騙！
長長的　長長的　是遠行而去的夢！
而風！輕叩窗櫺！輕叩窗櫺那熟悉的！熟悉的步伐　匆匆！

痕跡牽扯著舊記憶！
窗口依舊留著那長袍斯文身影！
手心上的字：烙印不去的是那惦念深情！
高牆上的白薔薇何將雨淚殘催
綻放著握不住也回不去的夢！
已枯萎的玫瑰！乾燥了那覆蓋的濃情
別了！窗櫺小花！還等候著誰經過？
昨日已去！足印早飛離
停不下的腳步！妳尋誰相逢！

擺動的羽翼搖落花間之雨

國家圖書館出版品預行編目資料

花開 那一年／陳麗茵著. --初版.--臺中市：白象文化事業有限公司，2024.5

面；　公分

ISBN 978-626-364-304-8（平裝）

863.51　　113003454

花開 那一年

作　　者　陳麗茵
校　　對　陳麗茵
發 行 人　張輝潭
出版發行　白象文化事業有限公司
412台中市大里區科技路1號8樓之2（台中軟體園區）
出版專線：（04）2496-5995　傳真：（04）2496-9901
401台中市東區和平街228巷44號（經銷部）
購書專線：（04）2220-8589　傳真：（04）2220-8505
專案主編　陳婕婷
出版編印　林榮威、陳逸儒、黃麗穎、水邊、陳婕婷、李婕、林金郎
設計創意　張禮南、何佳諠
經紀企劃　張輝潭、徐錦淳、林尉儒
經銷推廣　李莉吟、莊博亞、劉育姍、林政泓
行銷宣傳　黃姿虹、沈若瑜
營運管理　曾千熏、羅禎琳
印　　刷　基盛印刷工場
初版一刷　2024年5月
定　　價　330元